Amirin kirja

Taru Väyrynen

Amirin kirja

© 2023 Taru Väyrynen

Kustantaja: BoD - Books on Demand, Helsinki, Suomi

Valmistaja: BoD - Books on Demand, Norderstedt, Saksa

ISBN: 978-952-80-1988-6

Sisällys

Saatteeksi

Minä, Valkoliljan suvun Temirin poika Amir, kerron tässä kirjassa vain sellaista, mikä on puhuttu ja kirjoitettu monin tavoin ennen minua, ja mikä tulevaisuudessakin selitetään uudelleen, toivottavasti yhä selkeämmin ja perusteellisemmin. Tieto siitä, miten meidän tulisi elää, on meissä synnynnäisenä valmiutena, vaikka se helposti sekoittuu kokemuksien ja vaikutelmien hyökyyn, jonka elämä tuo eteemme.

Ihmisten kyvyissä on eroja, ja myös kyvyssämme ymmärtää, mikä on oikein, voi olla vajavuuksia. Perusasiat ovat kuitenkin lähes kaikille selviä, kun he syventyvät niitä rauhallisesti miettimään. Huomattavasti vaikeampaa on tiedostaa ne silloin, kun ihmismielen ristiriidat häiritsevät ajattelua.

Maailmankaikkeuden näkökulmasta tarkasteltuna yksittäinen ihminen on suureen kokonaisuuteen kuuluva vähäinen sirpale. Hänen elämäänsä säätelevät luonnonlait, ja häneen vaikuttavat sekä hänen ympärillään että hänessä itsessään lukemattomat asiat, joita hän ei pysty muuttamaan. Silti hänellä on pyrkimys ohjata toimintaansa, ja tuota toimintaa ohjaavaa järjestelmää nimitän ihmismieleksi.

Esittelen ensin ihmismielen toiminnan, koska sen voi selittää selkeästi, ja käsitykset siitä ovat melko yhdenmukaisia. Mieli on tietenkin teoreettinen käsite, mutta jokainen voi verrata teoriaa havaintoihin, joita hän on tehnyt itsestään ja muista. Mielen toiminnan hahmottaminen auttaa ymmärtämään ihmisten ja ihmisyhteisöjen kohtaamia ongelmia, ja tarjoaa keinoja niiden ratkaisemiseen.

Ihminen pyrkii tarkastelemaan olemassaoloaan myös maailmankaikkeuden näkökulmasta ja vastaamaan sellaisiin kysymyksiin kuin mikä on elämän tarkoitus, ja onko olemassa jotain, mikä ohjaa kaikkea. Jonkin verran loogisia päätelmiä voidaan tehdä, mutta koska mitään varmaa tietoa ei ole eikä ihmisymmärrys voi sitä tavoittaakaan, on vain aavistuksia, jotka esitetään tarinoilla ja vertauskuvilla. Sivuan tällaisia selityksiä vain vähän, mutta esittelen erään tavan ymmärtää, mitä Jumala voisi tarkoittaa. Sen ymmärtäminen ei kuitenkaan ole välttämätöntä, sillä ihmismieli on rakentunut niin, että omatunto joka tapauksessa ohjaa meitä elämään oikein.

Ihmismieli

Mieli tarkoittaa sitä monimutkaista järjestelmää, jolla käsittelemme havaintoja, teemme päätelmiä ja ohjaamme toimintaamme. Mieli toimii aivojen välityksellä, mutta siihen vaikuttaa koko elimistömme. Mielessä on sekä synnynnäisiä että myöhemmin muodostuneita valmiuksia. Osasta mielemme sisältöä olemme tietoisia, mutta mielessä on myös paljon sellaista, mitä emme ole tiedostaneet tai minkä käsitämme väärin.

Ihmismieltä nimitetään toisinaan sieluksi, mutta se aiheuttaa sekaannusta, sillä sielulla tarkoitetaan usein jotain aineetonta ja ikuista. Mieli on elimistön toimintaa, ja se päättyy ihmisen kuollessa. Se, mikä mielessä ehkä on katoamatonta, ja mitä siis voi nimittää sieluksi, liittyy siihen, että mielessä on yhteys maailmankaikkeuden alkusyyhyn ja tarkoitukseen. Se kuuluu kuitenkin asioihin, joista voimme tehdä vain olettamuksia.

Mieli sisältää koko tietomäärämme ja kaikki kokemuksemme, myös ne, joita emme muista. Mielen työkaluja ovat järki ja tunteet. Järki on älyllinen kykymme tehdä päätelmiä, ja tunteet ovat mielemme tuottamia reaktioita. Järki ja tunteet kietoutuvat yhteen ja tekevät yhdistyneinä mielen päätökset, jotka johtavat toimintaan.

Kokonaisuutena mieli tavoittelee mahdollisimman suurta onnellisuutta, mutta mielen pyrkimykset voi jakaa kolmeen ryhmään. Ne kaikki välttävät mielipahaa ja tavoittelevat mielihyvää, mutta ne keskittyvät eri asioihin, ja ne voivat olla ristiriidassa keskenään.

Nautinnonhalu ohjaa tyydyttämään elämälle välttämättömät perustarpeet, ja lisäksi se etsii mielihyvää aineellisten tarpeiden tyydyttämisestä, monenlaisista aistinautinnoista ja siitä ihmissuhteiden tuottamasta mielihyvästä, joka ei liity arvostuksen tavoitteluun. Luettelo ei ole kattava, ja yksilöllisiä mielihyvän lähteitä on lukemattomia.

Taistelunhalu ohjaa tyydyttämään tarpeen olla arvostettu, eli se etsii nautintoa, jota tuottaa sekä muilta saatu arvostus että hyvä omanarvontunto. Omanarvontunnon kohottamisen tarpeeseen liittyy myös halu kehittää toimintakykynsä mahdollisimman hyväksi. Taistelunhaluun kuuluu pyrkimys puolustaa itsemääräämisoikeuttaan, mutta se voi ilmetä myös hyökkäävyytenä.

Omatunto ohjaa tyydyttämään halun elää oikein ja saavuttamaan suurimman mahdollisen onnellisuuden.

Ihmismielen voi selittää monella muullakin tavalla kuin kolmijaon pohjalta. Eräs mahdollisuus on yhdistää nautinnonhalu ja taistelunhalu yhdeksi kokonaisuudeksi, ja se onkin perusteltua, koska niiden tavoitteet limittyvät toisiinsa. Yhdistelmää voi kuvata meidän eläinluonnoksemme. Omatunto taas sisältää sen, mikä tekee ihmisestä ihmisen.

Mielellä ei ole sukupuolta, mutta koska mieleen vaikuttaa koko elimistön toiminta, joillakin sukupuolisidonnaisilla ominaisuuksilla on vaikutusta siihen, mitä mielen pyrkimyksiä ihminen painottaa. Esimerkiksi raskaus, synnytys ja imetys lisäävät usein naisen lapseen kohdistuvaa hoivaamishalua, ja miehellä voi kivesten vaikutuksesta erityisesti nuoruudessa ja täydessä miehuudessa korostua taistelunhalu. Muutkin sukupuolisidonnaiset erot ovat mahdollisia, mutta ne ovat hyvin vähäisiä.

Jokainen mieli on yksilöllinen, ja sen pyrkimykset asettuvat tärkeysjärjestykseen juuri sille ominaisella tavalla. Tuo järjestys pohjautuu synnynnäiseen valmiuteen, jota voi nimittää luonteenlaaduksi, mutta siihen vaikuttavat ympäristö ja kokemukset, joten vaikka se usein pysyy samankaltaisena läpi elämän, se voi myös muuttua.

Omantunnon merkitys ihmismielen kokonaisuudelle on toisenlainen kuin muiden osien, sillä vain omatunto ohjaa tyydyttämään ihmisen syvintä kaipuuta, halua elää oikein. Siksi ihminen pyrkii aina noudattamaan omantuntonsa ohjeita niin hyvin kuin hän suinkin pystyy. Omatunto johtaa siis oikeastaan aina ihmismieltä, vaikka nautinnonhalu tai taistelunhalu rajoittaisivatkin huomattavasti sitä, minkä verran ihminen pystyy omantunnon ohjeita noudattamaan.

Dotar käyttää ihmismielen kolmesta osasta vertauskuvia. Nautinnonhalua edustaa käärme, taistelunhalua leijona ja omaatuntoa Äitijumalan henki. Ne kaikki ohjaavat mielen toimintaa, mutta tavallisesti yksi niistä johtaa kahta muuta, vaikka ne voivatkin toisinaan vastustaa sitä, ja saattavat kiistellä myös keskenään. Äitijumalan hengen hallitsemat ovat järkeviä ja vastuuntuntoisia, leijonan hallitsemat kiivaita ja vallanhimoisia, ja käärmeen johtamat ahneita ja halujensa orjia. Dotarin mielestä kysymyksessä on kolme erilaista synnynnäistä luonteenlaatua. Kokemukset vaikuttavat niihin, ja mielen johtava osa voi vaihtua toiseksi, mutta aikaisempi johtaja pysyy yleensä silloin hyvin vahvana, ja pyrkii vastustamaan uutta johtajaa.

Verraka kuvaa mielen kolmijakoa parivaljakkona, jossa vaununajajalla on kaksi hevosta. Vaununajaja on omatunto, hevoset ovat nautinnonhalu ja taistelunhalu. Parivaljakkovertauksesta selviää, että ihmismielen tulisi aina toimia omantunnon ohjaamana, eivätkä nautinnonhalu ja taistelunhalu saisi päästä määräämään, minne ja miten pyritään. Mutta siitä selviää myös, että valjakko ei etene pelkästään ajajan käskyjen takia, vaan hevosten pitää olla kykeneviä ja halukkaita toimimaan, ja on eduksi, jos ne ovat terveitä ja voimakkaita. Kun sellaiset kesyttää ja opettaa, lopputulos on usein oikein hyvä.

Nautinnonhalu

Ihmisen tärkein velvollisuus on pitää huolta itsestään ja toimintakyvystään. Suurelta osin se tapahtuu luontaisesti. Välttämättömien perustarpeiden tyydyttämiseen ohjaa niin voimakas halu, että sitä ei yleensä kovin kauan jaksa vastustaa. Myös seksuaalinen halu saattaa olla hyvin voimakas, vaikka sen tyydyttäminen ei olekaan yksilön elämälle samalla tavalla välttämätöntä kuin varsinaisten perustarpeiden.

Nautinnonhalu tavoittelee aistinautintoja ja aineellisia hyödykkeitä, jotka tekevät elämästä miellyttävän, mutta lisäksi mielen hyvinvoinnille on tärkeää se mielihyvä, jota tuottavat ihmissuhteet. Ihminen on luonnostaan yhteisöllinen ja kaipaa ihmisseuraa, ja suurta mielihyvää tarjoavat yhteenkuuluvuuden tunne ja läheisyys. Keskeistä on myös tarve olla rakastettu. Ihmissuhteisiin liittyvä arvostuksen tavoittelu on kuitenkin eräs taistelunhalun muoto ja etsii sille ominaista nautintoa.

Tärkeä mielihyvän lähde on oma toiminta- kyky sellaisenaan, mutta halu kehittää toimin- nan kannalta riittävää kykyään paremmaksi kuuluu taistelunhaluun.

Nautinnonhalua tyydyttää myös esteettisten nautintojen laaja kirjo ja lukematon joukko muita asioita, jotka tuottavat mielihyvää.

Nautinnonhalun tavoittelemat tunteet ovat monenlaisia. Niihin kuuluvat riemu, ilo, onnelli- suus ja tyytyväisyys. Tunteet voivat olla voimak- kaita tai laimeita, lyhytkestoisia tai pitkään säi- lyviä. Ne kaikki aiheuttavat hyvinvointia, joka edistää ihmisen toimintakykyä, mutta voimak- kaat nautinnot voivat liiallisina toisinaan myös rasittaa ihmistä ja haitata hyvinvointia.

Mielihyvää tuottavan asian menettäminen aiheuttaa mielipahaa, joka on surun tunne. Inho on mielipahaa, joka on nautinnon tuottaman mielihyvän vastakohta. Osa inhon tunteista on hyvin voimakkaita vaistomaisia reaktioita, ja ne voivat olla hyödyllisiä, koska ne ohjaavat kartta- maan terveydelle vaarallisia asioita. Inhon tun- ne syntyy myös mielipahasta, kun näkee jotain ennen mielihyvää aiheuttanutta tuhottuna.

Tarpeiden tyydyttäminen ja nautinnonhalu ovat luonnostaan itsekeskeisiä pyrkimyksiä, mutta ihmisellä on kyky eläytyä muiden tunteisiin ja saada tyydytystä myös heidän kokemastaan mielihyvästä ja nautinnosta. Helpointa on eläytyä läheisten ja rakkaiden ihmisten tunteisiin, ja siksi useimmat haluavat edistää heidän tarpeidensa tyydyttämistä jopa luopumalla omastaan. Halu tuottaa mielihyvää muille laajenee usein koskemaan kaikkia, jotka koemme itsemme kaltaisiksi tai jollain tavalla hyviksi ihmisiksi. Sellaisilta tuntuvat esimerkiksi ne, jotka ovat tuottaneet meille mielihyvää. Jos syntyy eturistiriita, oma henkilökohtainen etu pyrkii kuitenkin painottumaan eniten, ja läheisemmän ja rakkaamman etu tuntuu tärkeämmältä kuin kaukaisemman ja meille vähämerkityksisemmän.

Nautinnon tavoittelu on sekä oikeutemme että velvollisuutemme, sillä se lisää hyvinvointiamme, ja toimintakykymme on silloin suurimmillaan. Nautinnonhalun ohjaamana toimiminen aiheuttaa ongelmia vain, jos se on ristiriidassa laajemmin ymmärretyn, kokonaisvaltaisen hyvinvointimme tai toisten ihmisten oikeuksien kanssa, ja halu välttää mielipahaa saattaa johtaa siihen, että emme suostu kohtaamaan muiden kärsimystä silloinkaan, kun heitä pitäisi auttaa.

Nautinnonhalu voi hallita mieltä, jos mielen muut osat toimivat heikosti. Kovin tärkeäksi muodostunut nautintojen tavoittelu voi myös olla yritystä vapautua mielen ongelmista, sillä voimakas nautinto häivyttää muut tunteet.

Koska nautinnonhaluun kuuluu turvallisuuden tarve, eli ihminen kaipaa varmuutta siitä, että elämisen välttämättömyyksiä ja mukavuuksia olisi riittävästi tarjolla jatkuvasti, hän pyrkii keräämään varastoja. Liioiteltuna se saattaa johtaa ahneuteen, jolloin omaisuuden kerääminen muodostuu suhteettoman tärkeäksi.

Nautinnonhalun seuralaisena saattaa olla kateus niitä kohtaan, joilla on enemmän sellaista, mitä haluaisimme itsellemme, ja tunnemme vihaa niitä kohtaan, jotka mielestämme estävät meitä saamasta haluamaamme.

Nautinnonhalu voi liittoutua taistelunhalun kanssa, jolloin omaisuuden keräämisellä ja nautintoja sisältävällä elämäntyylillä tavoitellaan arvostusta.

Nautinnonhalu joutuu usein ristiriitaan omantunnon kanssa, sillä omatunto ohjaa ymmärtämään, että jokaisella ihmisellä on samat oikeudet kuin meillä. Oikeudenmukaisuus edellyttää hyvinvoinnin jakamista tasaisesti, mutta pystymme yleensä luovuttamaan omaisuuttamme huono-osaisille parhaassakin tapauksessa vain vähäisiä määriä. Voimme myös haluta jotain nautintoa niin kiihkeästi, että emme sitä tavoitellessamme pysty kunnioittamaan muiden oikeuksia.

Omantunnon lisäksi nautinnonhalua rajoittaa taistelunhaluun kuuluva tarve olla yhteisössään arvostettu. Siksi useimmat eivät hanki omaisuutta tai toteuta halujaan yhteisöissä erityisen jyrkästi paheksutuilla tavoilla, vaan karttavat ainakin varastamista, ryöstöjä ja raiskauksia.

Muiden omaisuuden anastamisen ja halujen väkivaltaisen toteuttamisen vaihtoehdoksi on kehittynyt kaupankäynti, jossa haluamansa voi saada antamalla korvauksena sellaista, mitä toinen osapuoli pitää yhtä arvokkaana. Vaihtokaupassa mikä hyvänsä mielihyvää tuottava asia voidaan vaihtaa myös toisenlaiseen mielihyvään, ja toisinaan vastineeksi voi käydä se mielihyvä, mitä ihminen saa, kun joku on hänelle kiitollinen.

Kaupankäynti saattaa johtaa riistoon, mutta oikeudenmukaisesti toimiessaan se tarjoaa mahdollisuuden saada haluamiaan asioita loukkaamatta toisen oikeuksia.

Dotar kuvaa nautinnonhalua käärmeenä, mutta kun se on omantunnon ohjauksessa, se ei ole vaarallinen eikä vahingollinen käärme, vaan sen voi ajatella sellaisena, joka kerää aarteita ja vartioi niitä.

"Omasta hyvinvoinnista huolehtiminen on ihmisen tärkein tehtävä. Käytämmekin yleensä suurimman osan elämästämme siihen, että pidämme käärmeen tyytyväisenä, jolloin se parhaiten pysyy rauhallisena ja suostuu kuuntelemaan Äitijumalan hengen ohjeita. Ongelmia käärme aiheuttaa vain silloin, jos sen takia loukkaamme muiden oikeuksia tai vahingoitamme heitä." (Dotar: Ihmismielen kolmijaosta)

Dotarin käsityksen mukaan ihmisen pitää huolehtia omasta hyvinvoinnistaan ja ainakin kohtuullisesta tyytyväisyydestään, vasta sitten hän pystyy toimimaan muiden hyväksi. Myös seksuaalisen halun tyydyttäminen on mielen tasapainon kannalta tärkeää, eikä sitä pidä yrittää tukahduttaa, vaan on etsittävä tapoja, joilla halun voi tyydyttää muiden oikeuksia loukkaamatta.

Jos käärme ei toimi Äitijumalan hengen ohjaamana, se voi omia päämääriään tavoitellessaan olla muiden kannalta vahingollinen ja vaarallinen. Käärme ei kuitenkaan pyri tarkoituksellisesti vahingoittamaan ketään, vaan tekee niin vain hankkiakseen sitä, mitä haluaa. Käärme pyrkii myös välttämään kaikkea mielipahaa, jota tuottaa muun muassa muiden taholta koettu viha. Siksi ihminen, jonka mieltä hallitsee käärme, saattaa riittävästi omaisuutta ja nautinnon lähteitä kerättyään asettua iloitsemaan saavutuksistaan, ja on silloin muiden kannalta suhteellisen vaaraton.

Seloma vertaa seksuaalista halua hevoseen, joka omistajan pitää kouluttaa. Hän kohdistaa sanansa erityisesti nuorille miehille: "Jos hevonen on säyseä, sen ohjaaminen ei vaadi taitoa, eikä siinä onnistuminen herätä mitään erityistä ihailua. Jos hevonen on voimakas ja pahaluontoinen, kukaan ei paheksu sitä, että sen taltuttaminen ei heti onnistu. Jos miehiset halut ovat vähäisiä ja kesyjä, ne on helppo pitää kurissa. Jos ne ovat voimakkaita, ne voivat karata ohjauksesta. Jos nuori poika yllättäen ja valmistautumattomana joutuu taltuttamaan raisua orihevosta, hän saattaa ensimmäisellä kerralla epäonnistua, ja karannut ori voi aiheuttaa vahinkoa. Pojassa tai hevosessa ei silti välttämättä ole mitään vikaa, poika oppii erehdyksestään, ja pystyy myöhemmin hallitsemaan hevosensa."

Taistelunhalu

Taistelunhalu on pyrkimystä varjella itsemää-
räämisoikeuttaan ja vastustaa kaikkia, jotka yrit-
tävät loukata sitä. Siihen kuuluu tarve puolus-
tautua, kun joku uhkaa vahingoittaa meitä. Ko-
emme uhkana myös sen, että meiltä yritetään
viedä jotain, mihin meillä mielestämme on oi-
keus. Puolustautumishalu laajenee usein ha-
luksi puolustaa läheisiään ja rakkaitaan, ja jos-
kus se johtaa puolustamaan kaikkia, jotka mie-
lestämme ovat väärin kohdeltuja.

Ihmisyhteisöt muodostavat valtasuhteita,
koska toiminnan sujuvuuden kannalta on tär-
keää, että joku tekee päätökset, joita muut tot-
televat. Taistelunhalu ohjaa tavoittelemaan
asemaa, jossa oma oikeus päättää asioistaan on
mahdollisimman suuri. Hyvä asema arvojärjes-
tyksessä tulee muilta saadusta arvostuksesta,
jota ihminen tavoittelee myös siksi, että se vah-

vistaa hänen omanarvontuntoaan.

Omanarvontuntoa kohottaa myös tieto omasta toimintakyvystä, kun ihminen huomaa ylittäneensä aikaisemmat suorituksensa. Kun tuo nautinto yhtyy muilta saadun arvostuksen tavoitteluun, syntyy kilpailunhalu, tarve osoittaa, että on muita parempi. Kilpailua voidaan käydä monista asioista, ja siinä menestymisellä tavoitellaan joko suppeamman tai laajemman ryhmän arvostusta. Mahdollisimman suurta kansansuosiota tavoittelee kunnianhimo, joka pyrkii kilpailemaan yleisesti merkittäviksi koetuissa asioissa.

Kaikissa yhteisöissä kunnioitetaan niitä ihmisiä, jotka noudattavat yhteisön yleisesti hyväksymän moraalin vaatimuksia erityisen hyvin. Kunnianhimon eräs muoto onkin pyrkiä esikuvaksi, jonka korkeaa moraalia ihaillaan. Omaa erinomaisuuttaan voi tehostaa julistamalla paheksuntaansa kaikkia niitä kohtaan, jotka ovat tehneet jotain moraalisesti paheksuttavaa.

Vallanhimo on halua saada valtaa siksi, että saisi mahdollisimman arvostetun ja kunnioitetun aseman. Valtaa voi kuitenkin tavoitella myös päästäkseen puolustamaan sitä, mitä pitää oikeudenmukaisena.

Väkivaltainen taistelu on monilla laumaeläimillä tapa ratkaista kiistat ja muodostaa arvojärjestys, jonka perusteella jokainen tietää asemansa. Myös ihmislaji on luultavasti kehityksensä varhaisvaiheessa toiminut niin. Taipumus taistella asemastaan yhteisössä on ihmisellä edelleen olemassa, mutta hän käyttää useimmiten aseena älyään. Kyky voimaa ja väkivaltaa käyttävään taisteluun on kuitenkin niin kauan ollut ihmislajille tarpeellinen, että sen arvostaminen on juurtunut syvälle ihmismieleen.

Kaikenlaisessa taistelussa tai kilpailussa menestyminen tuottaa mielihyvää toimintakyvystä ja vahvistaa omanarvontuntoa, mutta joillekin ihmisille väkivaltainen taistelu tuottaa niin suurta nautintoa, että heillä on vaikeuksia pidättäytyä sen tavoittelemisesta.

Taistelu on kaikissa muodoissaan ongelmallista, koska siihen sisältyy aina vastapuoli, joka toisen voittaessa menettää jotain. Vaikka ei taisteltaisi väkivaltaa käyttäen eikä aiheutuisi vammoja, valtataistelussa hävinnyt joutuu alistettuun asemaan, ja häviäjä menettää kaikissa kilpailuissa muiden kunnioitusta ja omanarvontuntoaan. Omanarvontunnon heikkeneminen aiheuttaa usein häpeän tunnetta, joka vähentää ihmisen toimintakykyä. Liian korostunut omanarvontunto taas aiheuttaa ylpeyttä, joka ilmenee huonommin menestyneiden halveksimisena.

Erityisen ongelmallista on, että taistelussa ja kilpailussa vastustajaksi koettuun henkilöön herkästi kohdistuu vihaa. Viha herää usein jo siksi, että molemmat tavoittelevat voittoa, jonka vain toinen voi saada. Viha johtaa usein siihen, että vihan kohteen vahingoittaminen tuntuu oikeutetulta. Omatunto kieltää ihmistä vahingoittamasta toista ihmistä. Ankara johtopäätös olisi, että edes itseään puolustaakseen ei saa tehdä mitään, mikä vahingoittaisi vastapuolta. Hyökkäävästi käyttäytyvän ohjaaminen käyttäytymään paremmin on kuitenkin tämän oman edun mukaista, ja sen saavuttamiseksi voi olla oikein aiheuttaa hänelle vähäisempi vahinko.

Omantunnon ohjaama taistelunhalu suuntautuu oikeudenmukaisuuden puolustamiseen. Jos on kysymys ihmisen tai ihmisten puolustamisesta vakavaa vääryyttä vastaan, väkivaltaa käyttävä taistelukin voi olla oikeutettua, kunhan käytetty väkivalta rajoittuu siihen, mikä on välttämätöntä, ja muistetaan, että vastustajalla on täydet ihmisoikeudet, joita on kunnioitettava niin paljon kuin suinkin on mahdollista.

Omantunnon ohjauksessa taistelunhalu on hyödyllinen myös siksi, että sen avulla pystyy vastustamaan sekä ylempien ohjeita että yleistä mielipidettä, kun ne eivät ole oikeudenmukaisia.

Dotar kuvaa taistelunhalua leijonana. Omantun-

27

non ohjauksessa vahva leijona on hyödyllinen, mutta jos se on kovin vahva, omatunto joutuu tarkkailemaan sitä ja huolehtimaan, että leijona ei ryöstäydy toimimaan itsenäisesti. Jos leijona hallitsee mieltä, se on hyvin vaarallinen. Silloin on hyödyksi, jos se on heikko, sillä leijona karttaa taistelua itseään selvästi vahvemman kanssa. Ihminen, jota heikko leijona hallitsee, saattaa siksi sopeutua melko hyvin yhteistyöhön, jos hän ei ole arvojärjestyksessä korkealla. Hän voi olla ongelmallinen niiden kannalta, joita hän pitää itseään heikompina, mutta häntä voi ohjata käyttäytymään heitäkin kohtaan hyvin, koska hän todennäköisesti tottelee vahvemmiltaan saamiaan ohjeita.

Omatunto

Omatunto on halua toimia eettisesti oikein, ja se on meissä synnynnäisenä valmiutena. Kuten kaikki ihmisen ominaisuudet, myös omatunto on yksilöllinen, ja se voi olla vajaa tai vaurioitunut. Lähes kaikilla ihmisillä omatunto kuitenkin sisältää samat keskeiset pyrkimykset ja toimintaohjeet, ja jokin aavistus niistä on luultavasti kaikilla niin kauan kuin mieli toimii, joten ne heijastuvat myös siihen, mitä yhteisöissä pidetään yleisesti hyväksyttynä. Yhteisöillä ei kuitenkaan ole omaatuntoa, vaan niiden pyrkimys on ohjata ihmisiä elämään sovussa keskenään.

Ihmisellä on taipumus omaksua yhteisönsä käsitys siitä, mikä on oikein. Se ei kuitenkaan välttämättä vastaa sitä, minkä hänen omatuntonsa tunnistaa oikeaksi. Yhteisön moraalikäsitysten ja omantunnon erona on myös se, että moraali tarjoaa yleisiä periaatteita, kun taas omatunto ohjaa tarkastelemaan jokaista tilannetta sellaisena kuin se on ja etsimään juuri siihen ratkaisua.

Omantuntonsa avulla ihminen ymmärtää, että jokaisella on samat oikeudet kuin hänellä itsellään. Se ohjaa häntä kunnioittamaan jokaisen ihmisarvoa ja itsemääräämisoikeutta, ja haluamaan kaikille sitä hyvää, mitä hän haluaa itselleen. Yksinkertaisesti ilmaistuna, omatunto ohjaa rakastamaan lähimmäistään niin kuin itseään, ja lähimmäisiä ovat kaikki ihmiset, tai oikeastaan kaikki elollinen. Pelkkä rakkauden tunne ei kuitenkaan riitä, vaan sen pitää ilmetä käytännön tekoina, apua tarvitsevien auttamisena ja kaikkien hyvinvoinnin edistämisenä.

Koska omatunto toimii sen tiedon varassa, mikä ihmismielessä on, se voi joskus ohjata tekemään sellaista, minkä uuden tiedon avulla ymmärtää vääräksi tai vahingolliseksi. Omatunto ei koskaan ole erehtymätön, mutta se on ihmismieleen rakentunut toimintaohje siitä, miten tulee pyrkiä elämään, eikä sitä voi korvata millään muulla.

Ihmisellä on luontainen halu noudattaa omantunnon ohjeita. Ihmismielen kaksi muuta osaa ovat kuitenkin hyvin voimakkaita. Erityisen vaikea niitä on saada luopumaan jostain jo saavuttamastaan mielihyvää tuottavasta asiasta, koska siitä seuraa mielipahaa.

Mielen kaikkien osien kohtuullinen tyytyväisyys on tarpeellista, että mieli toimisi mahdollisimman hyvin, joten kukaan ei pysty toteuttamaan omantunnon ohjeita läheskään täydellisesti. Se, miten paljon ihminen pystyy noudattamaan omantuntonsa ohjeita, on hyvin yksilöllistä. Jokainen tekee aina juuri sen, mihin hän sillä hetkellä pystyy, eikä siitä seuraa mitään ansiota tai syyllisyyttä. Omantunnon ohjeet ovat kuitenkin mielessä velvoittavina ihanteina. Siksi meille jää aina tunne, että emme ole tehneet tarpeeksi. Se on hyödyllistä, koska se ohjaa etsimään keinoja toteuttaa yhä paremmin omantunnon ohjeita.

Omatunto ei koskaan tuota ylpeyden tai syyllisyyden tunteita, vaikka ne liittyisivätkin ihmisen mielessä siihen, miten hän on noudattanut omantunnon ohjeita. Ylpeyden ja syyllisyyden tunteet kuuluvat taistelunhaluun, ja sen tarpeeseen kohottaa omanarvontuntoa tai varjella sitä. Ylpeys siitä, että noudattaa omantuntonsa ohjeita, on mielihyvää ajatuksesta, että on erityisen hyvä ihminen. Syyllisyyden tunteeseen johtaa tarve olla myöntämättä puutteitaan ja heikkouksiaan, jolloin ihminen ylpeyttään varjellakseen mieluummin syyttää itseään kuin myöntää, ettei pystynyt parempaan.

Syyllisyyden tunne on eri asia kuin vastuuntunto, joka saa ihmisen myöntämään tehneensä jotain väärin, ja johtaa haluun hyvittää tai korjata aiheuttamansa vahinko. Se on myös eri asia kuin se, että myöntää virheensä ja haluaa jatkossa välttää sitä. Syyllisyyden tunne on yritystä peittää tosiasialliset heikkoutensa ja kuvitella, että olisi voinut toimia toisin. Voimakas syyllisyyden tunne sisältää suurta mielipahaa, mutta mielipahan tosiasiallisena syynä on, ettei ihminen pysty olemaan rehellinen itselleen eikä hyväksy itseään sellaisena kuin hän on.

Syyllisyyden tunteesta vapautuminen voi olla vaikeaa, koska se saattaa olla hyvin vahva tunne. Järki pystyy vaikuttamaan tunteisiin vain epäsuorasti, ja voimakkaan tunteen poistaa tehokkaimmin toinen, sille vastakkainen ja voimakkaampi tunne. Uskonnot pukevat sanomansa tunteita synnyttävään muotoon, ja kun järki vakuuttaa, että syyllisyyden tunteet ovat aiheettomia, uskonto esittelee Jumalan, joka antaa anteeksi. Lopputulos on sama, mutta monien ihmisten on helpompi päätyä siihen tunteilla kuin järjellä.

Dotar käyttää mielen kolmijaosta puhuessaan omastatunnosta nimitystä Äitijumalan henki, koska sitä käytetään Dotarin lapsena oppimassa autiomaalaisessa vertauksessa ihmismielestä, johon sisältyvät Äitijumalan hengen lisäksi nautinnonhalua kuvaava käärme ja taistelunhalua edustava leijona. Dotarin henkilökohtainen usko on muodostunut sirpiläisistä vaikutteista, ja Sirpissä Jumalaa nimitetään Kooraksi.

Dotar kertoo oman mielensä kehityksestä, jossa leijona ja Äitijumalan henki ovat olleet lähes yhtä voimakkaita:

"Kun tulin oppilaaksi Metallin jumalan temppeliin, minua hallitsi leijona, ja tärkeimmäksi päämääräkseni tuli nousta papiston arvoasteikossa mahdollisimman korkealle ja saada valtaa. Lähes kaikki tekoni tapahtuivat leijonan ruokkimiseksi.

Rakkauteni Akea kohtaan heikensi leijonan vaikutusta, ja pystyin paremmin kuulemaan Äitijumalaa, jota olin jo oppinut Aken vaikutuksesta nimittämään Kooraksi. En pystynyt vapautumaan itsesyytöksistä järkeni avulla, vaan tarvitsin uskon siihen, että Koora antaa minullekin anteeksi. Vasta sen jälkeen pystyin myöntämään luonteeni heikkoudet ja luovuin asemastani Metallin jumalan temppelin ylipappina. Ymmärsin, että minun kaltaiselleni ihmiselle ei pidä antaa valtaa, vaan meidän on aina toimittava parempiemme ohjauksessa. Ja tiedän, että leijonani ei vieläkään ole kesy, vaan minun on pidettävä se hyvin lyhyessä talutushihnassa."

Tunteet ja järki

Ihmisen toimintaa ohjaavat tunteet ja järki. Molemmat käsittelevät mielen koko sen hetken sisältöä, mutta erilaisin tavoin, ja ennen toimintaan siirtymistä ne ovat muodostaneet yhteisen päätöksen.

Järki pyrkii jäsentämään mielen sisältöä ja tekemään päätelmiä, se auttaa ratkaisemaan, miten tavoitteisiin kannattaa pyrkiä, ja se voi selvittää syitä ja seurauksia. Järki osaa tarkastella tunteita ja arvioida esimerkiksi sitä, vaikuttavatko ne aiheellisilta tai aiheettomilta, ja ovatko ne hyödyllisiä tai haitallisia, mutta järki ei pysty tuottamaan tunteita eikä pysty muuttamaan niitä muuten kuin epäsuorasti, lisäämällä mielen sisältöön ajatuksia, joihin mieli reagoi uusilla tunteilla. Järjen avulla voi pohtia myös, mikä on eettisesti oikein, mutta järki ei voi suoraan muuttaa sitä, mitä ihminen tuntee omassatunnossaan, vaan voi ainoastaan tuottaa tietoa ja päätelmiä, joihin omatunto reagoi uudenlaisella tuntemuksella.

Tunteet ovat mielen reaktioita, jotka ovat tahdosta riippumattomia. Tunteita syntyy myös reaktioina järjen tuottamiin ajatuksiin. Tunne menettää voimakkuuttaan, jos viriää sille vastakkainen tunne, ja voimakkaampi vastakkainen tunne hävittää heikomman.

Ihmiselle tärkeimmät tunteet voi jakaa mielihyvän ja mielipahan tunteisiin. Mielihyvän tunteita ovat esimerkiksi onnellisuus, ilo ja tyytyväisyys. Mielipahan tunteet ovat joko mielihyvän vastakohtia tai mielihyvän puuttumista. Pelko on tunnetta, että jotain mielipahaa aiheuttavaa on tulossa, tai jokin mielihyvän aihe ollaan menettämässä. Mielipaha, kuten esimerkiksi suru, voi johtaa lamaantumiseen, mutta ihmisen hyvinvoinnin kannalta keskeiset mielipahansävyiset tunteet, kuten kipu, nälkä ja jano, johtavat yleensä pyrkimykseen poistaa mielipahan syy. Jos mielipaha johtuu mielihyvän puutteesta, ratkaisuna on etsiä kaivattua mielihyvää tai sen korviketta.

Mielihyvää ja mielipahaa tuottavat myös ihmissuhteet, mutta ihmissuhteisiin liittyvät tunteet muodostuvat monista osatekijöistä. Ne voi koota kahdeksi ryhmäksi. Toiseen kuuluvat rakkaus ja muut myönteiset tunteet kanssaihmisiä kohtaan, toiseen viha ja vihamieliset tunteet. Rakkauden, kiintymyksen ja hellyyden tunteilla on vahva vaistopohja, vanhempien valmius rakastaa jälkeläistään, joka monilla yleistyy kaikkiin pienokaisiin kohdistuvaksi hellyydentunteeksi, ja saattaa ulottua jopa vauvaa muistuttavaan söpöön eläimeen. Myös myötätunto on ihmiselle luontaista, mutta se rajoittuu usein sellaisiin, jotka hän kokee kaltaisikseen tai muuten miellyttäviksi.

Koettu nautinto tai mielihyvä saattaa johtaa kiintymykseen ja joskus jopa rakkauden tunteeseen sitä kohtaan, joka suoraan tai epäsuorasti tuottaa nautintoa tai mielihyvää. Myös tunne siitä, että joku rakastaa meitä, tuottaa mielihyvää ja herättää vastarakkautta.

Ihmisellä on luontainen taipumus suhtautua toisiin ihmisiin ystävällisesti, ja siksi yhteiselämä tuttujen kanssa ja vieraiden kohtaaminenkin sujuu yleensä kitkattomasti. Vihan tunteet heräävät kuitenkin herkästi.

Jos ihminen haluaa itselleen jotain, mitä ei riitä kaikille, hän on taipuvainen vihaamaan niitä, jotka tavoittelevat samaa.

Jos tiedämme jonkun vihaavan meitä, vihaamme häntä. Vihaamme myös niitä, jotka vihaavat meille läheisiä ja rakkaita, ja voimme yleistää vihamme koskemaan kaikkia niitä, jotka vihaavat meidän kaltaisiamme.

Jos joku aiheuttaa meille mielipahaa, meissä herää herkästi vihamielisiä tunteita häntä kohtaan. Siksi inhon tunne saattaa muuttua vihaksi. Jos vihattu ihminen tai ihmisryhmä herättää pelkoa, viha voimistuu, koska pelko on epämiellyttävä tunne, ja sen aiheuttajasta halutaan päästä eroon.

Ihminen saattaa yleistää vihansa jotain yksilöä kohtaan koskemaan kokonaista ryhmää, ja hänellä on taipumus omaksua muilta vastaavia käsityksiä. Kielteinen suhtautuminen saattaa olla seurausta jopa kuulluista tarinoista, jotka voivat vaikuttaa tunteisiin lähes yhtä voimakkaasti kuin omakohtaiset kokemukset.

Viha ei koskaan ole oikeutettua, eikä se ole hyödyllistä, koska vihaan vastataan yleensä vihalla. Vaikeatkin eturistiriidat pitäisi pyrkiä ratkaisemaan molempien osapuolien ihmisoikeuksia kunnioittaen ja kaikkien kannalta parasta ratkaisua etsien. Viha on kuitenkin tunne, eikä pelkkä järki pysty häivyttämään tunnetta, mutta järki voi tarjota aineksia toisenlaisille tunteille selvittämällä tosiasioita.

Vihaan liittyy usein tunne, että vihan kohde on paha. Hyvä ja paha ovat arvoarvostelmia, joihin sisältyy käsitys siitä, millainen ihmisen pitäisi olla. Ihminen on kuitenkin aina juuri sellainen kuin hän pystyy sillä hetkellä olemaan, ja omantunnon avulla tiedämme, että jokaisella ihmisel-

lä on täysi ihmisarvo ja oikeus tulla kohdelluksi
sen mukaisesti.

Maailmankuva ja Jumala

Ennen kuin ryhdyn käsittelemään maailmankuvaa, pidän tarpeellisena selittää hiukan, mitä voidaan tarkoittaa, kun puhutaan Jumalasta tai jumalista. Noilla sanoilla on eri ihmisille ja erilaisissa yhteisöissä vaihtelevia merkityksiä, jotka aiheuttavat keskusteluissa sekaannusta, jos keskustelijat tarkoittavat niillä aivan eri asioita.

Hiukan lapsekkaan, mutta yllättävän yleisen kuvitelman mukaan jumalat ovat jonkinlaisia mahtavia henkiolentoja, ja yksijumalaisen uskonnon Jumala voidaan mieltää samaan tapaan. Jumala ja jumalat voidaan kuitenkin ymmärtää myös vertauskuvina luonnossa ja ihmismielessä vaikuttaville voimille, jolloin monijumalaisten uskontojen jumalat edustavat kukin joitakin tiettyjä asioita, ja yksijumalaisten uskontojen Jumala tarkoittaa kaiken alkusyytä ja voimaa, joka ohjaa kaikkea.

Käytän jatkossa sanaa Jumala siitä, mikä on kaiken olemassa olevan syy ja samalla sen olemus, ja mistä ihminen tavoittaa aavistuksen omantuntonsa kautta. Selvyyden vuoksi huomautan, että Jumala on vain yksi mahdollinen nimitys, ja samasta asiasta voi käyttää muitakin sanoja.

Jumalasta puhuessamme liikumme alueella, jonne ihmisymmärrys ulottuu vain vähäisessä määrin. Jonkin verran apua on loogisesta päättelystä, jonka lähtökohtana on, että kaikella, mitä tapahtuu, on aina jokin syy, joka aiheuttaa tapahtuman, eikä mitään tapahdu ilman syytä. Koska mikään ei voi syntyä tyhjästä ja ilman syytä, täytyy olla alkusyy, jonka seurausta kaikki muu on. Ja koska se ei ole voinut syntyä mistään, sen on täytynyt olla aina olemassa. Kaikki, mitä on olemassa, on siis seurausta tuosta alkusyystä, jota voi nimittää Jumalaksi. Ja koska kaikki olemassa oleva johtuu siitä, Jumala on kaikessa. Jumala onkin ainoa, mikä on olemassa äärettömänä ja ikuisesti, sillä kaikki muu on äärellistä ja ajaltaan rajoitettua.

Jumala on täydellinen ja toimii oman olemuksensa mukaisesti, ja koska hän on kaikessa, kaikki tapahtuu juuri niin kuin sen täytyy tapahtua. Ihmisellä ei siis varsinaisesti ole vapaata tahtoa, vaikka hän kokeekin tekevänsä päätöksiä ja toimivansa niiden ohjaamana, koska hän

ei yleensä pysty huomaamaan, että hänen pää-
töksensäkin ovat vain osa syiden ja seurausten
ketjua.

Se, että vapaata tahtoa ei varsinaisesti ole,
on tärkeää ymmärtää, koska se auttaa luopu-
maan itsesyytöksistä ja myös muiden syyttämi-
sestä. Kaikki se, missä koemme epäonnistu-
neemme ja tehneemme suuriakin virheitä, on
seurausta asioista, joihin emme voineet vaikut-
taa, sillä pyrkimyksemmekin johtuvat lukemat-
tomista seikoista, joita emme pysty säätele-
mään, ja ominaisuuksistamme, joita emme ole
voineet itse valita itsellemme.

Pystymme järjen avulla tekemään Jumalasta
vähäisiä loogisia päätelmiä, sitten vastaan tule-
vat ihmisymmärryksen rajat. Aivomme tuotta-
vat vain ihmisajatuksia, ja olisi suuruudenhul-
luutta kuvitella, että voisimme saada vastaukset
edes niihin perimmäisiin kysymyksiin, joihin et-
simme vastauksia, emmekä tietenkään voi sel-
vittää sellaista, mitä emme osaa edes etsiä.
Voimme rakentaa apuvälineitä tietojemme kä-
sittelyyn, mutta nekin ovat vain aivojemme luo-
muksia ja toimivat niin kuin olemme ohjanneet
ne toimimaan.

Ihminen yrittää kuitenkin kurkottaa ymmär-
ryksensä rajojen ulkopuolelle, ja ihmismielessä
on vaistomaista ymmärrystä, joka ei ole järjen
tuottamaa tietoa, vaan tunnetta siitä, että ole-

massaolollamme on tarkoitus, ja olemme osa jotain meitä paljon suurempaa, josta tavataan käyttää nimitystä Jumala. Tunnemme olevamme yhteydessä Jumalaan, kun noudatamme omantuntomme ohjeita. Olemme myös vakuuttuneita siitä, että Jumala on täydellisen hyvä, ja voimme luottaa siihen, että kaikki, mitä tapahtuu, on hyvin ja oikein.

Tuo vaistomainen ymmärrys heijastuu yhteisöissä kehittyviin uskontoihin, ja koska kokemusta Jumalasta on hyvin vaikea kuvata tavallisin käsittein, se tehdään vertauskuvin ja elämystä tavoittelevin rituaalein. Uskontoihin sekoittuu kuitenkin monenlaisia yksilöjen ja yhteisöjen pyrkimyksiä. Sisäinen valmius ymmärtää Jumalaa on eri asia kuin opitut tai omaksutut uskonnolliset käsitykset, mutta uskonnoilla on hyvin suuri merkitys joillekin, sillä ne liittyvät ihmisen syvimpään, perustavaa laatua olevaan kaipuuseen kokea yhteys iäiseen ja pysyvään.

Vaikka ihmisen tahto ei olekaan sanan varsinaisessa merkityksessä vapaa, mielemme ohjaa meitä tekemään päätöksiä ja toimimaan. Tunne siitä, että voi hallita elämäänsä ja ympäristöään, antaa tyydytystä, ja olemme sitä onnellisempia, mitä enemmän koemme pystyvämme siihen. Suurinta onnea koemme, kun toimimme omantuntomme ohjaamina, ja silloin tunnemme itsemme niin vapaiksi kuin ihminen voi olla.

Lähteet

Amir on fiktiivinen henkilö, joka Taru ja Tarmo Väyrysen Jäljet hiekassa -kirjassa lähtee etsimään viisautta ja kirjoittaa tutkielman, jossa kertoo tärkeimmän siitä, mitä on löytänyt. Tutkielma mainitaan Jäljet hiekassa -kirjassa, mutta siitä ei ole tekstinäytteitä.

Se viisaus, minkä fiktiivinen Amir löytää, on sama kuin se maailmankuva ja elämänkatsomus, mihin minä olen päätynyt ja mitä olen yrittänyt tuoda esiin kaikessa kirjallisessa tuotannossani. Siinä on mukana jo lapsena omaksumiani kristinuskon peruskäsitteitä, ja erittäin vahvoja vaikutteita Platonilta ja Spinozalta.

Kirjoitin Amirin kirjan tuodakseni esiin oman käsitykseni siitä, mitä ihminen on, ja mitä se merkitsee filosofian ja erityisesti etiikan kannalta.

Koska Amir eli fiktiivisessä maailmassa, joka

43

muistuttaa minolais-mykeneläistä aikakautta, vältin Amirin kirjassa kovin nykyaikaisia ilmauksia ja viittauksia asioihin, joita Amir ei voinut tietää. En siis esimerkiksi mainitse testosteronia, vaan kivesten merkityksen miehen taistelunhalun lisääntymiselle.

Amirin kirjassa siteeratut Dotar, Verraka ja Seloma ovat fiktiivisiä henkilöitä, jotka olivat mukana jo Taru ja Tarmo Väyrysen Vuorileijonan varjo -sarjassa.

Dotarin käyttämä vertaus ihmismielen kolmijaosta mainitaan ensimmäisen kerran Taru ja Tarmo Väyrysen kirjassa Tulisydän. Kolmijako perustuu Platonin Valtiossa esitettyyn vertaukseen, jota olen muuntanut hiukan. Platonin kuvaaman monipäisen hirviön tilalla Dotarilla on käärme, ja Platonin järkiosan korvaa Dotarin vertauksessa Äitijumalan henki. Muuten Dotarin selitys vastaa täysin sitä, miten minä olen Platonin ymmärtänyt.

Verrakan käyttämä parivaljakkovertaus on Platonin Faidroksesta, ja Verraka selittää sen niin kuin minä tulkitsen Platonin tarkoittaneen.

Seloma-sitaatti on muokattu Taru ja Tarmo Väyrysen kirjan Talvisateet kohdasta, jossa Seloma keskustelee Rainon ja Tregin kanssa.

Amirin kirjassa kerron oman henkilökohtaisen näkemykseni. En ole filosofi, vaan kirjailija, joten

niiden, jotka haluavat kunnollisia filosofisia pe-
rusteluja, kannattaa tutustua Platonin ja Spino-
zan teoksiin.